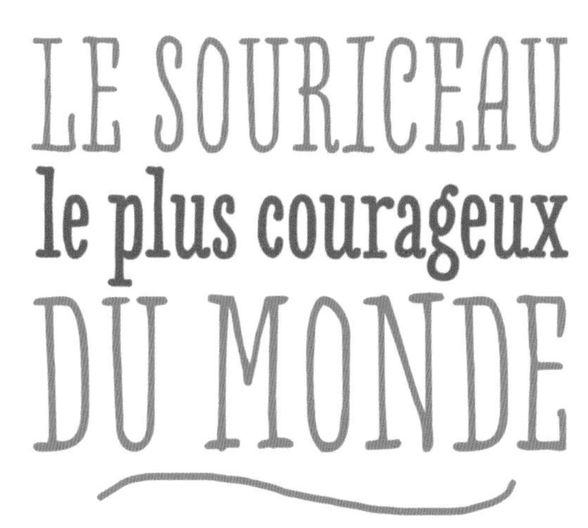

Un conte du Grand Nord raconté par Albena Ivanovitch-Lair et Robert Giraud
illustré par Maud Legrand

Pour Marina.
A. I.-L.

À Mathieu qui entame
le grand voyage de la vie.
R. G.

Pour Romane et Clémence.
M. L.

Père Castor ■ Flammarion

Imprimé en France – ISBN : 978-2-0812-1030-1 – ISSN : 1768-2061

Un tout petit souriceau partit un matin
pour une longue promenade.
Sa grand-mère souris
lui recommanda d'être prudent
et l'accompagna jusqu'à l'entrée du terrier.

Le souriceau ne revint que le soir,
fatigué et affamé.
– Oh, Grand-Mère ! s'écria-t-il.
Tu ne devineras jamais ce qui m'est arrivé !
Mais d'abord, donne-moi à manger,
s'il te plaît, je meurs de faim !

La grand-mère lui servit
une grande part de galette et une soucoupe d'eau.
Le souriceau se dépêcha d'avaler
les premières bouchées, puis il raconta :
– Tu te rends compte, Grand-Mère !
Je suis le plus fort, le plus agile
et le plus courageux de tous les animaux du monde.
Dire que, jusqu'à aujourd'hui, je ne le savais pas !
– Et comment t'en es-tu aperçu ?
lui demanda sa grand-mère.

– Tu vas voir ! répondit le souriceau, tout excité.
Je suis sorti du terrier, j'ai marché, j'ai marché
et je suis arrivé au bord d'une mer immense,
avec plein de vagues.

– Mais je n'ai pas eu peur, continua le souriceau.
Je me suis jeté à l'eau et j'ai traversé la mer à la nage.
Je n'aurais jamais pensé que je savais aussi bien nager.
– Où est-elle donc, cette mer ? interrogea la grand-mère.
– Loin, très loin de notre terrier, du côté où le soleil se lève,
répondit le souriceau.

– Je la connais, cette mer, dit la grand-mère.
Elle est en bordure de la clairière
du grand chêne, n'est-ce pas ?
– Oui ! fit le petit.
– Mais sais-tu que c'est un renne qui l'a faite ?
Un renne, aussi grand
que celui que tu vois par la fenêtre,
est passé par là l'autre jour,
son sabot s'est enfoncé dans le sol
et le creux ainsi formé s'est rempli d'eau.

Le souriceau, sans se décourager, reprit :
– Peut-être, mais ce n'est pas tout.
D'abord, je me suis fait sécher au soleil,
puis je suis reparti.

Il s'arrêta pour croquer un bout de galette,
puis poursuivit son récit :
– Aussitôt, j'ai vu une montagne terriblement haute,
même que les arbres qui poussaient dessus
montaient jusqu'aux nuages.

– Plutôt que d'en faire le tour,
j'ai décidé de sauter par-dessus.
J'ai pris mon élan et j'ai franchi la montagne.
Je n'aurais jamais pensé que je pouvais sauter aussi haut !
– Ta montagne aussi, je la connais, dit la grand-mère.
Derrière le creux rempli d'eau,
il y a une grosse motte de terre couverte d'herbe.

Le souriceau poussa un gros soupir
et continua :
– Attends, ce n'est pas fini !
J'ai vu deux ours en train de se battre.
Ils se griffaient, se mordaient
avec leurs vilaines dents rouges.

Il avala encore quelques bouchées avant d'ajouter :
– Mais je n'ai pas eu peur.
Je me suis jeté entre eux
et je les ai envoyés balader chacun d'un côté.
Je n'en revenais pas d'être venu tout seul
à bout de deux ours !

La grand-mère réfléchit un moment, puis dit :
– Ils avaient de vilaines dents rouges, tu dis ?
Alors, c'étaient des musaraignes.

Le souriceau soupira à fendre l'âme :
– Alors, je ne suis ni fort, ni agile, ni courageux !
J'ai traversé une flaque de rien du tout,
j'ai sauté par-dessus une simple motte de terre
et j'ai bousculé seulement deux musaraignes...

Et il fondit en larmes.

Mais sa grand-mère rit doucement
et le consola :
– Pour un si petit souriceau
qui ne sait pas encore grand-chose,
une trace de sabot est vraiment une mer,
une motte de terre est vraiment une montagne,
des musaraignes sont vraiment des ours.

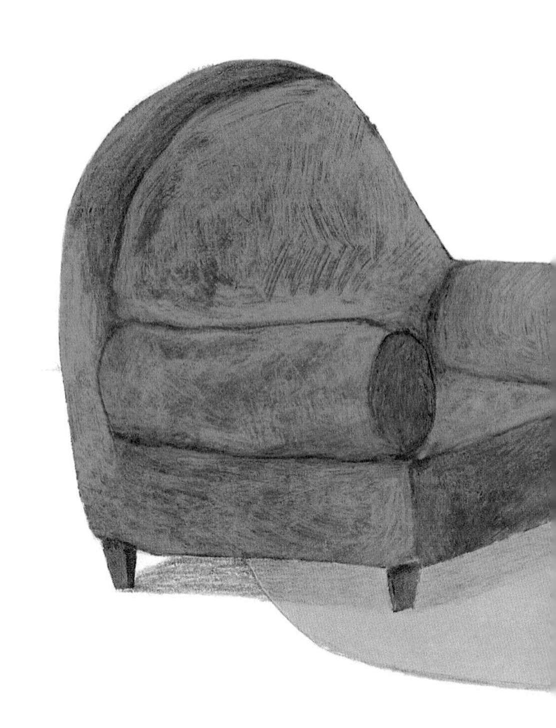

– L'essentiel, c'est que tu n'as jamais eu peur.
Donc, tu es bien le plus fort, le plus agile
et le plus courageux de tous les animaux du monde.

Imprimé par Pollina, Luçon, France - n° L61734 – 09-2012 – Dépôt légal : octobre 2012
Éditions Flammarion (n° L.01EJDN000230.N001) – 87, quai Panhard-et-Levassor, 75647 Paris Cedex 13
Loi n° 49-956 du 16 juillet 1949 sur les publications destinées à la jeunesse